La Laide au Bois Dormant

© 2012, l'école des loisirs, Paris
Loi n° 49.956 du 16 juillet 1949 sur les publications
destinées à la jeunesse : mars 1991
Dépôt légal : janvier 2014
Imprimé en France par l'imprimerie Pollina - L67384

ISBN 978-2-211-21133-8

Grégoire Solotareff

La Laide au Bois Dormant

Illustrations de Nadja

Mouche
l'école des loisirs
11, rue de Sèvres, Paris 6ᵉ

Il y avait une fois un roi et une reine
qui disaient chaque jour : «Ah ! Pourquoi
ne pouvons-nous pas avoir d'enfant ?» et
jamais il ne leur en venait.

Or, un jour que la reine prenait un bain dans une mare, une grenouille sortit de l'eau et dit :

— Combien ?

— Pardon ? dit la reine. Que dis-tu, grenouille ?

— Combien d'enfants désires-tu ?

— Comment sais-tu que je pensais à cela ?

— Une reine aussi jolie que toi prenant un bain avec un air aussi triste au lieu de s'occuper de ses enfants pense forcément aux enfants qu'elle n'a pas, dit la grenouille. Il ne faut pas être sorcier pour le deviner. Je vais te dire quelque chose : je suis une grenouille qui prédit non seulement le temps, mais aussi l'argent et même les enfants.

— Extraordinaire, c'est extraordinaire, dit la reine. Mais ces prédictions, se réalisent-elles ?

— Évidemment.

— Bon… eh bien, disons… deux. Au château, il y a une table de soixante-quatre couverts que l'on vient d'acheter, le roi et moi ; ainsi, avec soixante invités, nous l'occuperions entièrement, ce serait charmant.

— Ma reine, ton vœu sera exaucé. Dans moins d'un an, tu les auras !

— Pas deux d'un coup, j'espère !

— Ah, ma bonne reine, il faut savoir ce que tu veux ! C'est deux ou rien.

— S'il te plaît, grenouille, sois une bonne grenouille, fais que je n'aie qu'un enfant d'abord, je n'en veux qu'un à la fois. Et que ce soit une fille, si possible. Et qu'elle soit belle, surtout. S'il te plaît, grenouille !

— Non, dit la grenouille, je ne fais pas de marchandages de ce genre. Tu auras deux filles, point.

Ce que la grenouille avait prédit
arriva donc, et la reine eut une fille,
ravissante, et puis, immédiatement après,
une autre fille.

Jusque-là, rien de vraiment sur-
prenant.

Lorsque la reine découvrit le visage
de la seconde jumelle, un cri d'horreur
retentit jusqu'au fond du deuxième sous-
sol du château.

Un cri assez injustifié d'ailleurs, car la princesse était certes laide, mais pas horriblement laide. Mais pour la reine, qui avait mis au monde quelques minutes auparavant un si joli bébé – qu'elle appela aussitôt Belle, sans faire preuve de beaucoup d'imagination –, c'en était trop.

– Cachez-moi celle-là, je ne veux plus jamais la voir ni même en entendre parler, dit-elle cruellement à ses sages-femmes. L'autre, par contre, je la garde auprès de moi. Venez dans les bras de votre reine, ma Belle.

Ainsi, lorsque le roi entra chez la reine, il ne vit que Belle et sa mère et dit :

— Mon Dieu, que nous sommes fiers d'avoir un si beau bébé ! Nous espérons que c'est un garçon !

— Eh non ! dit la reine, et vous m'en voyez ravie.

– Mon Dieu, nous en sommes bien marri ! Mais tant pis, c'est mieux que rien. Aussi décidons-nous quand même d'offrir un grand bal en l'honneur de la princesse. Trompettes (il se tourna vers les trompettes qui le suivaient en toutes circonstances), trompettes, sonnez, voulez-vous !

À ce bal, il invita tous les gens qu'il connaissait, y compris douze des treize sages-femmes qui avaient accouché la reine, afin qu'elles fussent toujours aimables avec la princesse. Seulement douze sur treize, car il n'y avait que cent cinquante-trois assiettes d'or au château, et comme, avec tous les convives, ils étaient déjà cent quarante et un, ils ne pouvaient inviter une personne de plus.

La treizième sage-femme, une Anglaise — qui était aussi une sorte de fée —, fut terriblement vexée. Elle vint quand même au château et, avant même que les douze sages-femmes invitées — qui étaient aussi des espèces de fées — eussent fini de faire leurs vœux bienfaisants à la petite princesse, elle jeta un sort à la pauvre Belle.

Ce sort était le suivant : à l'âge de quinze ans exactement, celle-ci se piquerait au fuseau d'une vieille tisserande et mourrait instantanément.

Heureusement, une des sages-femmes jeta vite un anti-mauvais sort à la princesse et (ouf!) celle-ci ne mourrait pas mais tomberait dans un sommeil assez long puisqu'il durerait cent ans.

Et l'autre princesse, la laide, qu'était-elle donc devenue? Eh bien voilà. Le jour de la naissance des jumelles, les sages-femmes emmenèrent le pauvre petit laideron au deuxième sous-sol du château et remontèrent immédiatement dans la chambre de la reine.

Là, elles eurent tellement de travail (on sait ce que c'est : le bain, les biberons, les dentelles à n'en plus finir, les fesses rouges, sans parler des couches — elles n'étaient

pour ainsi dire jamais sèches — etc., etc.)
qu'elles oublièrent totalement la seconde
princesse au fond du deuxième sous-sol.

Le jour du grand bal, c'est la treizième
sage-femme, la furieuse, qui s'en souvint.

Après avoir jeté son sort à Belle, elle
fila au sous-sol. La pauvre petite princesse
abandonnée était encore plus laide qu'à sa
naissance, mais si attendrissante que la
colère de la sage-femme s'évanouit, et elle
s'occupa formidablement de la petite fille
affamée. Après l'avoir nourrie avec une
sorte de porridge au blé, elle lui donna le
nom anglais de Lady.

Au bout de quelques mois, la sage-femme put enfin la promener (en cachette, cependant). Elle l'emmena donc dans un bois où personne n'allait jamais car on pensait que c'était un bois hanté. En effet, aucun arbre n'avait de feuilles, en aucune saison. C'était un bois mort, que l'on appelait le Bois Dormant. (On y accédait assez facilement par un souterrain secret.)

Nombre de bons vœux s'accom-
plirent, comme toujours. La jeune
princesse Belle grandit, devint intelligente, extrêmement belle et relativement
aimable. Le jour de ses quinze ans, Belle
décida de visiter l'immense château de
son papa.

Arrivée au sommet d'une tour, elle vit la fameuse vieille tisserande et se jeta sur un de ses fuseaux en s'écriant :

– Oh ! Qu'est-ce que c'est ?

La pointe du fuseau la blessa assez fort et la fit saigner abondamment avant de la plonger dans un sommeil qui, phénomène totalement imprévu, envahit tout le château au même instant.

Toute chose vivante alors s'arrêta de vivre et s'immobilisa. Le roi et la reine cessèrent de s'embrasser, les cuisiniers de cuisiner, les femmes de ménage de faire le ménage, les pigeons de roucouler, les mouches de voler, les cavaliers de cavaler,

les chevaliers de faire leur cour, les
balayeurs aussi cessèrent de faire leur cour
(mais ce n'était pas la même cour), les
arbres de bouger, etc., etc. Tout cela
pendant cent ans. (C'est long!)

Quand Lady eut quinze ans, au même moment que Belle, la sage-femme anglaise lui promit un pudding. Après avoir attendu tout le jour dans le Bois Dormant, Lady perdit patience et décida de regagner son deuxième sous-sol. Et là, elle découvrit la sage-femme anglaise debout, le pudding à la main, mais INANIMÉE. Oui, INANIMÉE !

Sans comprendre ce qui était arrivé mais avec cette intuition qu'ont parfois les jeunes filles (et donc les jeunes filles laides aussi), elle gravit à toute vitesse l'escalier intérieur du château.

Elle découvrit ce que nous savons déjà, à savoir les mouches immobiles, mais EN L'AIR, les cuisiniers en train de cuisiner, etc., etc.

Et rien à faire pour réveiller tout ça !

Lady visita tout le château. Dans la
salle du trône, elle découvrit le roi en train
de faire un baiser à la reine, mais tous deux
INANIMÉS. Elle eut donc tout loisir de

regarder sa mère longuement, sa mère qui
l'avait abandonnée (et ce **que** la reine ne
vit pas, ce fut le regard **terrible** de sa fille).

C'est alors que la grenouille qui avait prédit sa naissance se montra.

— Bonjour, Princesse, fit-elle en voyant Lady. Il me semble apercevoir dans tes yeux de la colère et du ressentiment. Me trompé-je ?

— C'est vrai, grenouille. Ma mère la reine m'a jetée au fin fond d'une cave quand je suis née et je la déteste, qu'y puis-je ?

— Je sais, dit la grenouille. Voudrais-tu que nous la transformions en quelque chose, pour la punir ?

— Oh oui, ce serait amusant, dit la princesse.

— En quoi voudrais-tu que nous la transformions ?

La princesse réfléchit.

— En pou, je pense que ce serait bien. Moi qui ne suis déjà pas jolie-jolie, j'aurais au moins le plaisir de voir quelqu'un d'encore plus moche que moi, et cela me ferait du bien.

C'est ainsi que la reine fut transformée en pou et que l'expression « moche comme un pou » naquit.

Cent ans, c'est si long qu'autour du château des choses se passèrent.

Des ronces se mirent à pousser puis à cacher véritablement le château de leurs épines jusqu'à la plus haute de ses tours.

Poussés par une curiosité trop grande, mais tout à fait normale pour leur âge, de

jeunes princes essayèrent de pénétrer dans le château. Ils se heurtèrent à ce mur de ronces infranchissable, inextricable, et finirent par mourir lamentablement, couverts de blessures épouvantables et de taches de mûres sur leurs beaux habits.

Pendant ce temps-là, dans le château inanimé, Lady organisa sa vie de cette façon : elle prit une chambre à côté de celle où elle avait mis sa sœur, au cinquième étage. (« Comme elle est belle, Belle ! » se disait souvent Lady en la regardant dormir debout.) Elle fit des provisions qu'elle entreposa dans la cave du deuxième sous-sol. Elle ne put plus sortir pour se rendre au Bois Dormant, le passage secret étant bouché par les victuailles amassées. Ainsi, elle ne se rendit pas compte de l'envahissement du château par les ronces et fut, elle aussi, prisonnière de cet incroyable mur végétal.

Les saisons et les années passèrent. L'été venu, Lady déshabillait puis rhabillait de vêtements légers tout le monde comme elle eût pu le faire quelques années auparavant avec des poupées. Mais elle n'avait jamais eu de poupées, et cela l'amusait beaucoup de le faire avec de vraies personnes endormies.

Elle eut aussi tout le temps de lire, de dessiner (des portraits, surtout) et de réfléchir. Elle était d'ailleurs très intelligente. Un jour, elle se dit : « Elle est étrange, au fond, ma vie. Et celle de Belle aussi. Quelqu'un, peut-être, plus tard, écrira notre histoire. Cela pourrait s'appeler : *Histoire de la Belle au Château Inanimé et de la Laide au Bois Dormant*; ou tout simplement : *La Belle au Château Inanimé.* »

Lady grandit, prit même de l'âge. Un jour, elle devint plus âgée que son père, qu'elle voyait tous les jours devant elle dans cet interminable baiser au pou. Cela lui fit un drôle d'effet. Elle pleura le jour où elle devint plus vieille que ses grands-parents, qui étaient là aussi. Et encore le jour où elle dépassa l'âge de ses arrière-grands-parents.

Un beau matin, elle eut cent quinze ans !

En se réveillant, elle entendit du bruit et cela la surprit. Comme s'il y avait eu des millions d'abeilles autour du château. Et puis ce bruit cessa brusquement et la porte principale s'ouvrit grand, laissant passer un magnifique jeune prince, une tronçonneuse d'or à la main.

– Bonjour, Madame, je viens pour la princesse, dit-il à la très vieille Lady.

– C'est moi.

– Mon Dieu ! Est-ce possible ! Au village, tout le monde parle d'une jeune et belle fille... Je ne veux pas dire que... mais tout de même...

— Ah ! Alors c'est pour Belle ! Elle dort encore. Au cinquième.

— Je suis justement venu la réveiller, dit le prince, tout ragaillardi par le prénom de la princesse.

Au mot « réveiller », Lady sursauta. Et dire que cent ans étaient passés ! Elle n'en revenait pas.

— Que la vie — même aussi longue — est courte ! dit-elle au prince.

Mais celui-ci se précipitait déjà dans l'escalier avec une fougue extraordinaire pour se rendre au plus vite auprès de la princesse inanimée.

À son chevet, il tenta un bouche-à-bouche qui réanima instantanément la princesse Belle ainsi que tout le château, qui reprit son activité comme si de rien n'était.

Les mouches finirent leur vol pour se poser où elles voulaient, le roi s'étonna de voir un pou devant lui, les cavaliers se remirent à cavaler, les chevaliers et les balayeurs finirent leurs cours respectives, enfin la vie recommença.

Lady fut tellement heureuse de voir tout le château reprendre vie, toutes ses « poupées » se lever, parler et rire qu'elle ne put dire un seul mot et monta dans sa chambre essuyer les larmes de bonheur qui avaient coulé sur ses joues.

Et lorsqu'elle se vit dans le miroir − oh ! surprise ! −, elle était redevenue une jeune fille de quinze ans ! Pas une ride, pas un pli sur son visage ni sur sa gorge, pas un seul cheveu blanc. Rien qu'une peau de pêche parsemée de rosée sous un casque de jais. Elle n'était certes pas d'une beauté extrême, mais la sensation d'avoir rajeuni de cent ans avait été si forte qu'elle ne pensa plus qu'à son bonheur.

Quelques instants plus tard, elle se demanda si cela n'avait pas été tout simplement un rêve ! Eh non, pourtant !

La preuve : son beau-frère avait dans la main une tronçonneuse (d'or) qui n'existait absolument pas cent ans auparavant !

Du même auteur à *l'école des loisirs*

De Nadja
Collection MOUCHE
La baguette qui marchait pas
Le contrôle de transformation
Dryade
Mais qu'est-ce qu'il a, Momo ?
Momo ouvre un magasin
Momo fait de la photo
Momo (l'intégrale)
Les Sur-Fées

De Grégoire Solotareff
Collection NEUF
Dolorès, ma Dolorès
Contes d'automne
Contes d'hiver
Contes de printemps
Contes d'été
Les garçons et les filles
Moi, Fifi

De Nadja & Grégoire Solotareff
Anticontes de fées
La bergère qui mangeait ses moutons
Le petit chaperon vert
Le chien qui disait non

Collection CHUT *!*
Anticontes de fées
lu par Jean-Claude Bolle-Reddat